名流詩叢
14

與時間獨處 Alone with Time

雪靜靜飄落
回憶就此來臨
像新染的毒癮
牽涉到我的生命

〔美〕 裴瑞拉 (Teresinka Pereira) ◎ 著

李魁賢 ◎ 譯

作者簡介

　　裴瑞拉（Teresinka Pereira），在巴西出生，年輕時即積極從事文學和社會運動，1976 年成為美國公民。現擔任國際安全和平國家議會使節和議員、世界原住民組織人權部長、國際作家藝術家協會會長。榮獲馬爾他騎士、耶路撒冷聖約翰元首勳章、巴西國家戲劇獎、加拿大詩人協會年度詩人獎、巴西作家聯盟年度名人獎、國際桂冠詩人聯合會女作家金冠獎、雅典市獎等，到 2009 年共獲世界各國 253 項獎。1994 年被選為拉丁文化協會國際事務主席。獲頒美國、哥

倫比亞、荷蘭、摩達維亞、德國、蘇里南等國大學或
學術機構博士學位。出版各種語文譯本詩集共38冊。

《與時間獨處》中譯本序

寫作原本是缺席者的語言

—— *Carlos Fernandez Del Ganso*

　　我喜歡引用這位詩人，他知道：要孤獨就要缺席。即使自願缺席，要歸罪於鼓勵寫作。有些人寫信，有的寫書。我孤獨時，寫詩。我不需要假裝鼓舞，也不靠靈感，因為詩是我的自然語言。我只需要時間讓我可以支配，直到我寫累了。然後，我想走出去，享受我的成績。我喜歡旅行，與其他文化的人們分享我的詩，以測量我們有多少共同人情。如果他們體會我的詩篇，就會理解我的思想和期望。他們也會明白，在我們感情的內心深處，是一樣的，不論是全身罩著穆斯林長袍，或是裸著比基尼。在拿撒勒或里

約熱內盧，我們對愛情、歡樂和悲傷的感情非常相像。所以，我們願彼此和平相處生活。

要達成優秀完美的翻譯，談何容易，對於不同文化和表達方式的人民，要從懂得什麼是快樂、什麼會傷害我們感情的詩人，玩味其感受，才能有達成趨近他人內心的奇跡。巴勒斯坦詩人達衛希（Mahmoud Darwish）有精闢的表示，他在美國動開心手術後垂危時，說過：「有時候我覺得，他們在閱讀我的思想，早在我還沒有寫出之前。」他說得對。詩人是他們本身寫作的先知。他為數百萬人而寫。他過著流亡生涯，多次陳述過，詩人不必出國去體驗流亡。有些人可以在自己的國土、自己的家鄉，甚至自己的房屋內感受流亡。流亡正是缺席，就如序前引用西班牙詩人的話。

有時候我夢到正在寫作，我一驚醒就跳下床，拿起筆來寫。自很年輕的時候，我需要學習如何寫作，以便把我的觀念寫到紙上。我家裡有書房，在我三、四歲時，就瞭解人要注意閱讀，勝於耳聞。我想寫給人讀。

我喜歡寫短詩，讀起來快，節省朋友時間。我自己也耽於讀詩，有所益，並獲得啟示，教導我關於詩人的為人。我激賞勝任的詩人所為的翻譯。唯有詩人才能譯詩，在詩中保存隱喻表達的深層意義。隱喻有助於把意義灌注入感情裡，濃烈到讓詩人不用氾濫的正規文字，也無缺乏表達重點之虞。

　　我真正激賞詩人李魁賢所作功業，讓我有機會與各地的華人溝通。我們的詩想有許多貼合之處，李魁賢在詩裡表現他的觀念，即詩可以消弭距離、填滿缺席和流亡所造成的空虛，他在〈給妳寫一首詩〉中寫道：

　　　我給妳寫一首詩

　　　沒有玫瑰和夜鶯

　　　在歲末寒流中

　　　只有霹靂的鼓聲頻頻

　　　在歲末寒流中

　　　我給妳寫一首詩

看不到妳的時候

深深感覺到妳的存在

　　我們知道他是為某人寫這首詩，但任何人無論是讀華文、英文或其他語文譯本，會感受到像我首度閱讀時的感覺：它是特別為我寫的！作者和讀者都要感謝譯者的理由在此。

　　　　　　　　裴瑞拉（Teresinka Pereira）　著

　　　　　　　　　　　李魁賢　譯

Preface

"Writing is originally the language of the absent"

~Carlos Fernandez Del Ganso

I like to quote the poet who knows that to be alone is to be absent. Even a voluntary absence can be guilt of promoting writing. Some people write letters, other write books. I write verses when I am alone. I don't need artificial stimulation, I don't need inspiration either, because poetry is my natural language. All I need is time to be myself with myself, until I am tired of writing. Then I like to go out and share my achievements. I like to travel and share my poetry with people from other cultures in order to measure how much of humanity we have in common. If they understand my verses, they will understand my thoughts and my hopes. They also will understand that, deep inside our feelings, we are alike, even if our body is covered with a burka or uncovered in a bikini. In Nazareh or in Rio de Janeiro, our feelings of love, happiness or sadness are much alike. So is our wish for living in peace with each other.

As much as a good and perfect translation is difficult to achieve, it can make this miracle of approaching other individuals by making it possible for people of different cultures and expressions, appreciate the feelings of a poet who knows what can be happiness or what it can hurt our feelings. Palestine poet Mahmoud Darwish could express this very well when he was dying in the United States, after an open heart surgery. He said: "Sometimes I feel like they read my thoughts even before I have written them." He was right. Poets are prophets of their own writing. He wrote for millions. He lived in exile and stated several times that poets don't have to be out of their country to feel the exile. Some can have the feeling of exile in their own land, in their own house, even in their own room. The exile is just an "absence" like the Spanish poet I quote under the title of this preface said.

Sometimes I dream that I am writing, and I wake up astonished to jump out of my bed and get a pen to write with. Since very young, I had the need to learn how to write so I could put on paper the ideas I had. There was a library in my family house and since I was three or four years old I realized people would pay more attention to what they read than what they heard. I wanted to be read.

I like to write poetry with few and short verses, in order to be read fast and save my friends' time. For myself, I enjoy reading poetry that goes to the grain and leaves a message that teaches me something about the poet as a person. I appreciate translation done by competent poets. Only a poet can translate another poet and keep in the verse the deep meaning it expresses through a metaphor. Metaphors help to put meaning in feelings that are so intense they can make a poet no lack expression to go to the point without an inundation of regular words.

I really appreciate the work done by Poet Kuei-shien Lee and the opportunity he is giving me to communicate with Chinese people everywhere.There is a lot of understanding between our poetical thoughts, because even in his own poetry, Dr. Kuei-shien Lee had expressed the idea that poems can eliminate distances and fulfill the emptiness caused by absence and exile. He said in the verses under the title of "One Poem for You" :

I write one poem for you

no rose, no nightingale

but thundering drumbeat urgently

in the cold wave at year-end

In the cold wave at year-end

I write one poem for you

in a deep sense of your present

while you are out of my sight

We know he wrote this poem for some particular person, but every one who reads them in Chinese, English or any other language, feels like I felt reading it for the first time: that he wrote it specially for me. That is the reason for both writer and reader to be so grateful to a translator.

譯　序

　　與裴瑞拉結識十餘年，我喜歡她的詩簡短精鍊，
韻味十足，忍不住翻譯介紹給我國讀者。相對地，
她對我的詩也頗為屬意，率先把我的詩譯成葡萄牙
文，印成一本小詩集《愛還是不愛》（Ama-me ou
não, 1999），又把我翻譯她的詩印成《裴瑞拉詩選》
（Teresinka Pereira, Selected Poems, 2000），二者都由
她主持的國際作家藝術家協會（International Writers and
Artists Association）印行。

　　與裴瑞拉交往愈密切後，瞭解她愈多。她遠在
巴西故國的年輕時期，就熱心參與文學、社會、政治
運動，到美國長住後，更積極投入公共事務，成立協
會，關懷勞工、女性、原住民等弱勢族群，也注意環
境及動物保護議題。然而在如此忙碌當中，她對國際

詩壇生態仍然付出最多心血，透過協會聯繫全球會員，提供大家關心的消息，對當權者的倒行逆施，特別是違反人權的舉動，提出強烈指責。

我不時讀到她發出來的電郵，獲悉許多國際詩人的最新動態，也常常得以閱讀到她的新作，有的詩是她對國際局勢最新引人矚目事件的批判，有的是她內心感情的強烈反應和表露，都非常強悍，震動心弦，毫不隱晦或扭捏作態，她的個性真實表現在她的詩創作上。她對詩藝的概念是，詩寫得盡量簡短，以節省朋友閱讀的時間。這雖然是以現代時間經濟觀為著眼點，其實正是詩語精鍊的最根本要素。

2005年策劃高雄詩歌節時，我邀請她參加，她一方面未克分身，另方面說經濟拮据，無法支付遠程旅行費用，深感不能出席為憾，但仍熱心把詩歌節消息發布給協會會員周知。這消息促使俄羅斯詩人隋齊柯甫有意來台參加，惜時間關係，沒能實現，卻讓隋齊柯甫有緣接觸到台灣詩，而自動把他喜愛的詩篇譯成俄羅斯文，這可能是台灣詩人作品進入俄羅斯文本的產聲吧！

2010年利用新年假期把裴瑞拉的詩加以搜羅翻譯，共選譯了140首，這些詩明顯包含內向性和外向性兩個面向。內向性的詩充分表現女性的感情世界，坦然揭露她的憧憬、夢想、慾望、失落；外向性的詩則懷抱大我的愛，關心被欺壓的弱者和受難者，對蠻橫強權的抗議和譴責。不同面向的詩作，讀來都痛快淋漓。書中不強加分類，因為詩人心境不是可以截然劃分，或內向性思惟，或外向性投射，起起落落才符合自然常態。但為便於查索，姑以英文原作詩題的字母排序，也方便作者自己索驥。

　　書名《與時間獨處》（Alone with the Time）是裴瑞拉特別為我的譯本命名，可以體會她堅守孤獨的心靈，在時間的長流中保持冷靜觀察的情境，可以擺脫無謂的糾葛，又能維持隨時介入和抽離的彈性，這正是我個人採取的態度，和保持修身養性的立場，與我心有戚戚焉。

2010.03.06

目次

關於那個人
About That Man

關於那個孤獨的人

在街上和妳

錯身而過

妳不知道為何

他對妳微笑

妳不知道是否

他有祕密的愛情

或是致命的憂鬱

那個人錯身而過

沒對妳說過一句話

他甚至沒告訴妳

關於他眼中

燃燒的火

關於他的記憶

他的一些新夢想

他的奄奄氣息

那個人可能

愛過妳

如果他看過

妳可憐的雙手

或者與妳共舞

至群星的

千年音樂

那個人可能就是

沉默不知名的情人

妳最後親吻的幸運者

嘉年華會之後
After Carnival

一切激情之後

留下什麼

在懺悔星期二前夕

懺悔星期二當晚

和翌日早晨

今天我們走不同的路

用我的腿　不用你的

把我們奢侈的愛情忘掉

我順從你的要求

面對你的自由

我的狂熱屈服了

我唇上的甜蜜

在孤寂的海洋中

我的身體沒有

你發燒的手指強力

今天我驚慌失措等待

時間的花朵

而懺悔星期二森巴舞

在我呼吸的空氣中停住

大大沉默之後
After much Silence

大大沉默之後

在我口中

你的名字甜蜜蜜

你的側影

靠在帆船的

桅竿時

太陽恢復了

你皮膚的

金黃色調

正是我們初逢時

你的模樣

現在你帶我

去加勒比海

滿載夢想和光明

溫柔　棕櫚樹

我會在那裡等你

夕陽西下時

我髮上簪著花

伊朗女孩名叫內達
An Iranian Girl named Neda

她深信自己有權利

在公共廣場抗議

她戴著面紗

服從她非自願

出生的國家

奉行的宗教

一粒子彈從上面

膽小自衛隊隱藏處射來

停止她青春的心跳

是她示威力量的

唯一武器

使她成為烈士

你如何辯解

鎮壓貴國青年的叛國罪

哈梅內伊閣下

註：哈梅內伊（Ayatollah Ali-Khamenei），繼何梅尼後的伊朗最高領
袖，兩度擔任總統。

而永恆
And Eternal

當你的手握著我的手

是一陣甜甜的微風

你橄欖色的孤獨眼神

你蜂蜜和小麥的嘴

你的微笑給我翅膀

飛越時間

你的奇想以美裝飾

我的夜夜　用你的聲音

我犁耕生命成悠揚的花園

因你的詩引起靈感

我以輝煌愛情的面紗

覆蓋自己　快如閃電

而永恆如一場夢

啟示錄
Apocalypse

我的世界在日落時溶化了

在我眼前一隊死難朋友

和遠方仇敵如今對

神學論證概念漠不關心

哦　我在青年時代

多麼傲慢自大

竟敢預告啟示錄的

騎士就要蒞臨

而星塵就要變成

路上的岩石

我的眼睛厭倦了談情說愛

血從我的名字流出

孤寂月出時

在夜裡的虎群中

我依然又餓又睏

時間和感情卻永遠

把我擁入懷裡

攀 愛
Ascent to Love

有你

我的夢就純淨

看到你的高興心情

變成假日

非常平凡的日子

你豐裕的吻

在我的口中收穫

人間樂園的

青春陽光

以及照在我們

野性幸福上的射線

然則我不能掩飾

這些暈然陶醉

的光芒引起

亢奮　你是

我歡樂的

共犯

忘形的瞬間

我們以聯合的

靈體符號結成一體

同時

在我們的命運裡

卻把我們分離

寂寞結束時
At the end of loneliness

問題是

時間短是

我們的緣故

最糟的是

肉體對抗

時間的鬥爭

骨頭對抗

魔術和靈感

在這世界

寂寞結束時

我們唯一分享的是

空無的尺度

跳動激烈
Beating Strong

你是我熱情的製造者
在我的靜脈和舌頭
血液跳動激烈

你　有時是遠遠的聲音
以感情的饗宴
照亮我的日子

你　我皮膚內的冬季現實
一個名字　知道如何
脫下我的知覺
求得愛情的歡愉

你把星星放在我手中

從我的喉嚨和眼睛

把焦慮推到遺忘的沙漠

然則　在解放

我心靈的呼喚後

你把愛撫和親吻的

必需補給品空投到我口中

因為那是我們的作風
Because that is the way we are

首先是羞愧

因為窮人不得不吃

我們的剩菜

我們並不適應

所處的社會階級

因為他們會說

這就是生活

窮人始終在周圍

擾亂我們的意識

接著是憤怒

因為軍事用在捍衛

富翁的權益

去剝削餓肚子的人

和窮人的工作

最後

我們改變生活

開始革命

因為那是

我們的作風

我們流亡

但是不沉默

但是不屈服

我們持續革命

即使只是在紙上

即使在外國土地

即使只是禮讚

正義和平等

因為那是我們的作風

因 為
Because

因為門

在夜裡自己關了

把你留在屋內

和遠方

的記憶同在

因為我們缺乏

時間的歷程在一起

這無法避免的身體語言

做為黎明之前

凋謝的花

因為你堅持

保留沉默

語句可釋放

感情的勝利

通宵

安然度過破曉

因為你留下我

孤單守著自殺般

在我眼上親吻的旋風

你甜蜜的夢乃告失落

在傷心孤獨的早晨

2000 年之前
Before the year 2000

在 2000 年之前

我必須完成

這首詩

正如夜晚之前

我必須發現

新希望

我要準備

亮麗的韻文

在太陽下沉

輝煌的金彩進到

過去式的

書籍之前

就在

第三千禧年之前

我要打掉沉默

闖入幸福圈

爆開群星的

淚滴

船
Boat

自由放縱的

海浪把我們的船

載到目的地

迷幻快慰之境

遠離海灘

然後藉隱形翼

推進超越

靈虛幻境

舞向

鄉愁嘆息

我們佇立港口

面面相覷

不知

如何相愛

在此新領土

山茶花
Camellias

在你的街上有一個晚會

就在大樹

與花園的藍花之間

你不在那裡

我想像你

犧牲自己去戀愛

某一年齡的山茶花

我獨自哭著看晚會

希望你會出來拉我手

邀我進去裡面

傷心的微風

在我內心

變成思慕的鄉愁

猫
Cat

夜裡

一隻貓瞪著我

眼瞳中

有奇異的光芒

牠鑽石的記憶

甚至比我

更有人情味

加沙孩童
Children of Gaza

在加沙垂死的孩童

沒有恩惠享受

以純真的笑聲

慶祝 2009 年新禧

他們才幾年的歲月裡

充滿黑暗和恐懼

眼淚和痛苦　他們的

血液施肥在出生的

土地　他們的土地

依我的瞭解　加沙這一戰

任一方都沒有任何正當

我才不管誰是

富庶屯墾區的地主

或是比鄰巴勒斯坦窮人家庭

我才不管誰該

為兵工廠繳義務聯邦稅

我認為罪犯和殺人者

就是發射飛彈的人

買賣恐怖死亡武器的人

我譴責在國界雙邊

劫奪無辜人命的黑手

在加沙死亡人數

自己會講話

孩童生命價值超過

全部土地　超過按照

任何戰爭勝利者

繪製新地圖時的一切

意識形態和宗教或政治

每一位孩童一生都是

出世土地的主人

冷　戰
Cold War

我答應放手讓

河流寒顫

燕子飛過去

沒有帶來夏季

舞者用腳尖

在空中旋轉落在

自己的玄想上

在河堤

血和太陽在燃燒

水平線上　　金絲雀

前來宣告新的

冷戰

死 亡
Death
——給趙承熙

你的眼淚變成雨

被悲情淹沒的

天地氾濫到

超過你的宿命以前

聖經上的大洪水

我只能想像

你憤怒的黑暗

不合時又無藥治

痛苦的傷口

隨你醒來

你加以展示

共享犧牲

你無辜的殘暴

使全世界寒顫

留下那麼多疑問

和假裝理解

如今你已安息

把你的眼淚報答

我們　我原諒你

因為無法解讀

活下去的暫時藉口

註：趙承熙1984年生，八歲移民美國，讀弗吉尼亞理工大學，　2007年4月
　　16日因焦慮症發作，槍殺32人、傷25人，震驚全世界。

離　婚
Divorce
——給 Dennis

在我們的生命裡

不是沒完沒了的悲劇

不說再見　忘了我吧

二流域匯成大河

一路流向海洋

如何分開呢

我們離婚更像是

希望中發生的裂縫

在半夜被外界

突如其來的風雨

驟然打斷的一場夢

夢　想
Dream

每天我起床

有如快樂的小河

要去消耗

礫石的河床

我捱到每天下午

靠詩歌的花朵

神奇的文字　隱喻

在我體內舞躍的太陽

但只有一個奇蹟

會引起興趣

無非是　即使

道路的空間

到海的遠方

甚至人間樂園

也阻止不了我稍稍

消耗夢想

在里約相逢
Encounter in Rio

里約熱內盧

是色彩的故鄉

早起的太陽

還在狂歡

雲朵像及膝外衣

罩在我們的夢土上

在里約熱內盧

這城市國度

山是通往

無垠的城門

我們在此鍛鍊

詩歌

反光的角度

詮釋生命

惹起早熟和未來的

鄉愁

時間的慶典

已逾時

再生的科學

和夢幻人生

花園晚宴裡

太陽花朵

對我們的靈感

綻放火花

承諾的果實

呈現　淺白語句

重複的永恆性

以及開放空間裡

夢想一個世界

就像時間克服了

極限

在此我們是

詩和藝術的

冒險家　美好

未來的製造者

能 量
Energy

共享的能量

使獵鷹向

宿命路途猛撲

表達的成功

詩的理解

是慾望的有力武器

對我們呈現

無懼的水平線

你的話強化

等待的幸福

海洋　在鹹浪上

延展的天空

還有沙灘

再也無關緊要

謎
Enigma

有一次我躍出

我的玫瑰皮膚

小心翼翼

進入水晶謎的

噴泉裡

從此我默默無聞

但我有放縱海洋的

魯莽

還有燐光眼瞳

惹出最

大膽的夢

玫瑰流亡
Exile of the rose

沒有春天

疲累的玫瑰枯槁在

瞬間的現實裡

她的凋萎是一項褻瀆

無味的生活賭局

夜晚的沉默

身體變形

成虛幻

在此淒冷的噩夢中

不可能把她叫醒

她已經把愛情

埋在嫉妒的深處

送別麥可・傑克森
Farewell, Michael Jackson
──2009年6月25日

你在我們生活中

填滿四十年的音樂

你在表演藝術界

幾乎再創作了一切

從身體美學

到唱歌　跳舞

月球上行走

舞步

你生命中的神祕

完美的追求者

業已達成

使你成為地球上

永恆未來的共謀者

自今而後無止息

擺　擺　麥可‧傑克森

其他人會為你唱

你自己的音樂

火中之火
Fire of the Fire

從我心中放出一把

強烈到無法控制的火

以神祕的力量

噴出去燃燒世界

隨著我瘋狂的詩篇

夕陽中憂鬱的傢伙出發

眼淚和希望交加

尋找陰間的神

安排這場火去把時間燒掉

我在此渴望你的愛情

充足豐沛的雨量

加上雷鳴巨響

來一場暴風雨阻止

這場燃燒的慾望

耗損我的心靈

貪婪無厭

夜裡激情的縱火犯

四個理由
Four reasons

我很少說話

有四個理由

萬事都太遲

我永不回顧過去

我學習往前走

不叫喊

我以自己的方式

突破詩的流通

友　誼
Friendship

朋友　這是我的手

奉獻給每日

為一切正義和平等

而奮鬥

這是我的臂膀

用來支撐

為更美好的世界

戰鬥的份量

握我的手

擁抱我的臂膀

你存在於

我的生命中

使我步履穩健

我的水平線更廣

我的愛從

一個大陸分佈到

另一個大陸

千聲的回音

響徹天涯

寄自樂園
From Paradise

只有瘋婆

才會憑良心

掉入失落的

愛

　情網中

我就是

我起先只是期待

一個吻沒有

任何明確的

　　　目的

突然　我對

剎那愛情的野心

在黃昏暮年裡

竟意外把我捲入

你的愛情

溫柔

把我籠罩在

森林中

樂園的樹木

在此成長

槍
Guns

唐吉訶德騎士

宇宙文學中

最現實最理想性的

文學人物

該死竟然喪心病狂

開槍不當掃射

自衛的人權

出乎意外被槍殺的人

毫無機會

能夠求生戰鬥

爭取榮譽的正義

沉入死亡國度

用劍已無技術可言

騎士的長矛也無法

搶救對手免遭暴力

當今　開槍

是最荒謬的現實

殺死了在兩幫土匪

或警察與罪犯之間

被抓的無辜人民

叛亂犯死刑

消除不了街頭

人群間的罪行

到處都有莫名其妙

毫無來由的打架

必須關閉

所有槍枝展示漏洞

尊重生命重於利益

廣　島

Hiroshima

——1945～2009年8月6日

美國派出飛機

投下原子彈

燒傷的

廣島受難者

並非白白犧牲

因為那次爆炸

和全世界的焦慮

誕生了良心

再度保證尊重

地球上的生命

一年復一年

再三叮嚀

以正義與平等

為全體人類

祈求和平

家
Home
——給無家可歸的人

不自在的感覺

每天早上

要上街

有時屋頂

在我們頭上

不夠安全

我們需要一塊地

種植我們的夢

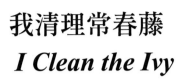

我清理常春藤
I Clean the Ivy

我日日夜夜工作

尤其在夜裡

昨天又做夢了

在我脈搏裡重複他的名字

我自閉症的兒子抱怨說

「都走啦　大家都走啦

先是姊妹們　然後是父親

再來是我的繼父

帶著老菸槍

他心理陰影的疤痕

以及恐懼感」

我以前有丈夫

午後　有孩子的笑聲

我工作好快樂

今天沒了　兩樣都丟了

工作和丈夫

從黝黑的墓碑

我清理常春藤看到

可悲詩人的名字

被人間樂園驅逐了

這一次

我把他的記憶

埋在我身體的胸懷

我會在那裡
I will be there

我坐下來

從收音機聽

史特拉文斯基的音樂

我想整理一下

無精打采

收拾紙　筆　鉛筆

我的思考逃脫

到你那裡

愛情也是　到了那裡

但我又發現自己

在空白處亂塗

我要為你歌唱
I will sing for you

說吧　情人

秋天到達我的血管時

我要為你歌唱嗎

我願在口中

抓住希望的此刻

做為未來

美妙的驚奇

你的聲音

在無精打采中濕潤

你在孤獨裡望著我的

眼神

令我傷感
不由自己發冷
是否未來的焦慮
我心胸的負擔
不會有你
愛情的甜蜜

我要寫詩
I will write verses

今夜我要寫詩

從我的手指萌芽

像四月的美人魚

無法抹消的詩句

會持續到早晨

傷到我孤寂的裸體

今夜我的眼睛在搜尋

好色的純情男人

我要與他共享

強烈鄉愁的溫柔

如此無始無終嚮往愛情

我凝視自身的命運

以我身體的形態

只要夜急於點亮火光

通過我的血管

那就可行

此頁就此打住

像是我手指的孤單

而我的血不會變成詩

因為夜會馳騁遠去

跟隨有潛力的君子

他不會回來索飲

我的愛情且恢復

我失落的作夢習性

要是我能飛
If I could fly

要是我能飛

我會飛向太陽

在他手中遊蕩

我願成為天星

以藍色胸部

勒索你的眼睛

我願成為彗星

但恍神會使我

掉入海中

要是我能飛

我要吞噬風與

一切風雨的孤獨

連一秒鐘也不想

再做女人

在第三個千禧年
In the Third Millennium

在第三個千禧年

事情會變得

更好

世界會和平

要不然

世界會被饑餓和

輻射線終結

士兵必須把

機關槍和坦克車

換成犁具和牽引機

在沙漠播種

政客必須把腐敗

換成真正促進希望

教授必須忘掉

愛國主義

教導所有國家

一律平等

而外國人民

是遠親同胞

血液價值

將超過黃金

生命將是

人類最大的

財富

只想
Just thoughts

生命以不休止的

姿勢過去

在邊緣有歌聲

麵包和麥粉

隨無限的厭倦

成長

也許那歌聲不是

我們唯一日常食物

也許生命的邊緣

只是困境造成

無樹可伸出希望

去分辨上蒼

與孤獨　許多事

是必要的　你當知

慷慨大方的心

歷時贏得安寧

且富饒的愛成長

永垂不朽

遺　產
Legacy
——給我的小孩

我留給你們首要

且唯一的遺產是愛

然後是溫柔

可在生命高潮時

失眠的夜裡

每天吃麵包時消耗

我祝你們幸福

即使我去到更佳夢境

去到輪迴的生命

我希望你們要團結

就像手的五指

即使拇指不見了

今天我明白

多麼愛你們　而我

愉快的故事全部

在你們單純的存在裡

沒有你們　世界

就無法跨越

因為有你們在

我們的愛才豐富

通過這場夢

我們稱為生命

書寫中的信
Letter in Progress

想到你的聲音

甜美　你的手有

絕佳的樹葉感覺

我要去看你

什麼樣的保留區風景

可以防衛我們免受邪眼

免受如此不相稱的距離

免受如此遠離我的命運

孤寂中　我無法

想像折磨我們的沉默

我也不能點一把火

只為了說聲再見

好讓你永遠不會

忘記我

給伊拉克小孩的信
Letter to a Child in Iraq

外國士兵在巴格達街上

給你的復活節蠟燭

是裝戰爭傳單的

危險毒藥

正像閃亮的珠子

歐洲基督徒用來提供給

美洲的印第安人

卻強暴她們又劫走

他們的金子和土地

別吃這些復活節禮物

也不要因受傷哭泣

當他們用

百萬顆炸彈

轟炸你們的家

別吃那些巧克力

因為這樣好像

你在領受苦難死去的

父親肉體做為聖餐

他被指控是恐怖分子

因為他是男子漢

力圖保護你們的家

別吃侵略者的謊言

他一直說殺你們人民

是為了衛護他在

美國的家庭和房子

睜開眼睛　抬起頭來

別相信這些西方的慈善

虛假的復活節兔女郎

嚮往和平
Longing for Peace

我的心靈是乳色的鴿子

鳥喙銜著月桂葉

每天到處飛翔

在夜裡歇息　快樂地

抱著你　棲在你膝上

我的身體是科學研製的

另類材料所製成

擁在果實和蜂蜜中

餵養你自己的心靈

我的手臂伸向四方

和邊界　如果到達

藍天　就會吸引光亮的

小鴿子仿效我期待的

最熱切需求的和平

愛到死方休
Love until death

這場悲情就像

空空的酒杯

睏倦聲音

不離身

也不會讓

時間的線條

在我心靈內舞

一首新情歌

這場悲情已經過濾

想像的熱情中

最壯麗的破曉

是你的身軀跨越我

火熱而甜蜜的微風

本質心動屈服了

又癡迷又古典的

愛到死方休

愛 情
Love

在鏡子裡

藍調的月亮

造成

進化的心

急跳

愛情開花

在夢中

恢復

我們渴望

快樂

和天堂

馬利亞・蒙特麗布赫
Maria Montelibre

我不知道已經有多少次

打算親自去拜訪馬利亞

從未實現過　因為

她撥不出時間

她一直在翻譯和準備

編輯民主黨的報紙

我崇拜她　愛她

但願有能力保護她

抵抗一切政治威脅

對抗種族主義　階級歧視

財務需求　狂熱和假愛國者

我沒想到她會生病

我沒有聽她說過抱怨的話

即使她住在丹佛　科羅拉多

或者遷居到加利福尼亞州

為了隱匿生活　或者時時搬家

躲避政治威脅　或者當她

好不容易攜出一份新出版的

《蒙特麗布赫月報》

我常寫信給她　通常

她不會回我的信

我沒收到退信　退稿

退詩　或是匯票

最近沒收到報紙

向一位朋友打聽她的消息

他說她兩年前過世了

我大吃驚　感到

好像火燒到我的臉

我的頭髮　我的手

甚至正燃燒我的全身

然則我不得不

等待天亮平靜

好讓我在太陽昇起之前

把自己淹沒在

時間噴泉裡

我需要想想　寫一些詩

此刻　正當悲傷洪水氾濫

我還能做什麼

註：馬利亞‧蒙特麗布赫（1945～2005），出生於阿根廷，雙親是逃避
　　德國納粹的移民。在丹佛住了三十年，熱中政治和社會運動，自辦
　　《蒙特麗布赫月報》，為弱小仗義執言，死於癌症。

移棲黑鳥
Migrant Blackbird

黑鳥從遠方

飛來

在月光下

停留過夜

牠是候鳥

異鄉漂泊者

尋找穀粒

陽光

河砂

旅行倦了

抱怨

傷心的影子

風　雨　山脈

不安全的夜

牠自己的叫聲

空氣的刀刃

在空間裡

傷人

我自己的生命

過得像黑鳥

移棲來來往往

可是我多麼願望

有歇憩的能力

美國女孩在華府實習
Nation's Girls Doing Internship in D.C.

打從起跑點開始

這些女孩就不是可信賴的人

但她們也沒有擺裸體姿勢

給《花花公子》的攝影師

她們的腿很小

她們的手不完整

她們的嘴很大

她們的牙齒像是

　　　　落葉的樹

真相是這些女孩

為國家做事

在勞工聯盟裡沒有

會籍　她們

對顧主的性活動

保持緘默

真相是屈從

是沒有證件的職業

沒有真實的利潤

　　　或退休金

不過倒是不錯的投資

對未來是值得

百萬的惡魔般投資組合

鄉　愁
Nostalgia

單獨時間不能治癒

我們的所有不幸

但我們能夠在血管內

編入新血液

以便忘掉乾乾

傳回來的愛

沒有應答

且帶著渴望

此鄉愁

在我喉中長成

新的孤獨

鄉愁式
Nostalgically

雪靜靜飄落

回憶就此來臨

像新染的毒癮

牽涉到我的生命

但我不願去記憶

只想繼續做夢

把我基本思想的

穀粒貢獻給

新城堡　比我

更年輕的新手

我要使用目前時刻

以及可能未來

容易部署我的日子

對我所要又

不可能得到的事物

從我的眼睛悄悄

竊取清白的塵埃

保持沉默

每日早晨我誓言

明天我會絕對出人意外

遏止這樣的想法

說是只有回憶與我們同在

無法觸及而又冷漠

空　無
Nothing

空無是候客室裡

漫長的時間

每天早晨

在悲傷等待中

空無是在釋俘宣言下

擺脫俘虜身份

回到自由的呼吸

空無曾經是

時間走廊內的希望

我的舌頭和

體內的熱病

空無是此生

迷失的眼睛和

幾乎已經熄滅的

火焰繼續閃閃發亮

只要你決定

要愛我

此時此地
Now and Here

此時放任你的心

到處馳騁

充滿理解以及

人性的急躁

此時莫禁止冒險

或培養孤獨

此時要賞識各種障礙

視為唯一動機

精神的才智

會在準確時間現身

侵入你與生活的糾葛

此地此時　正是時候

受　難
Passion

我要用嘴唇記住你

在你的胸膛

繪畫千顆虛幻的

　　　　星星

你還不知道我

從我眼睛射出的子彈

已在你的心裡裝滿

吻　　情　　索

在夜的護航艦上

既無眾神

復無預想的自由戀愛

我被一種希望拘限

脆弱　猶豫　不集中

我的身體裹著

微風和無言的迷戀

卻還在記憶的

夢裡等你

你是我獻身的

新主人

我預見到我們的道路

鋪蓋饑餓受難圖

奪走最遠的

火山之美

淌出折磨血跡

卻還在時間內部

發現愛

復活節和逾越節的和平
Peace on Easter and Passover

你信

什麼宗教

都沒關係

甚至你信或不信

這復活節和逾越節

也沒關係

想想看個人

和世界和平

是存活的唯一道路

愈快愈好

祝復活節和逾越節

希望和平與你同在

和平　大烏托邦
Peace, the Great Utopia

和平　浪漫主義的理想

人類為此鏖戰連連

是善良美意　對抗惡行

是愛　對抗恨

和平是烏托邦

因為人類是魔性

甚於天使　而我們

在內心　以慾望

取代勝利和光榮

沒有輸家就沒有贏家

沒有失敗就沒有成功

沒有賤民就沒有貴族

存在　真理不是

憑空想像　那是和平的

　　　　　　理想

如果戰爭　暴風雨和憎恨

是報仇和痛苦的叫嚷

只有自由　沉默和死亡

才能達成和平境地

死者在安詳中歇息

貪得無厭的勝者

繼續在破壞的道路上

尋找另一場狂熱的

更多血流　另一場戰爭

請翻頁
Please, turn the page

我的生命中有充分的往事

充分的退縮　再見

這句話的充分共鳴

然而　必須翻過傷心

這一頁　寫新的

詩篇　我要從胸懷

釋放鴿子

從晴朗的天氣

去取暖

在我寫作和獨睡的屋內

彈奏布魯斯的傷心小提琴

我要把它摔破

我要在我們手中握滿

希望的種籽　因為你會

進到我夢中來　而我會在

你的夢中等待你

我們的翅膀有一天會響起

當春天回到我們的

天空裡　如果你說你

會來　我就在這裡

等待中播種愛

和月桂在送給你的

每一首詩裡

詩人的工作
Poet's Work

我在緊張的叢林中

你告訴我說壓力

是來自過勞的工作

來自睡了整個上午

到午後才起床

恢復元氣

　　　　精神飽滿

靠停在別人唇上的

字句過活

但　不　雖然

詩人的工作

像黑洞

沒有出口

也像探戈

唱好或唱壞

都在空間圈內苦惱

我悲傷不是因為

工作　正相反：

是來自石頭的字句

在開發利用時

令人心煩　我要

等待生命重新來過

詩詠東帝汶
Poetry to East Timor
並致詩人古斯摩 and its poet Xanana Gusmão

海洋的熱情

渴望　呼吸

和夢想自由

等待　用嘴巴

熱烈呼喊

隱藏的反抗模式

來自歷史及其

夢想平等

兼蓄自尊

和愛的熱血

我們迷戀自由

詩
Poetry

詩是小不點

對某些人

則一無是處

但如果那是唯一的事

我們可以信任

我們可以共享

我們可以活

我們可以問

請　以其熱情

的聲音

撫我

因為智慧

永不

值得那麼多

保　證
Promise

像是不老的鴿子

我尋找你

在藍調午後的

繽紛中

在你有

千般回憶

和紀念物之處

我用夕陽繫住

沉默的抒情

我有不計時的錶

你來找我時

會隨雨送給你

使你在路上盛開

春日花朵

看我的胸部

用有力的手撫我

我會感到又柔又純潔

像天堂百合

帶給我希望

你是來自繁花地區的

男子漢　來自

無限的迷宮

有鄉愁　神祕

衛星軌道和群星

在夏夜的

露珠裡　你成為

我的保證和我的水手

懲罰或作戲
Punishment or the Show

那麼多人在參觀

翻滾飛行

折騰的開始

演員在前台

嬌嗔的尖叫聲

懲罰是烏托邦

有敵人跟在後面

我這邊　限制自己

分擔我的誓言

可以遺忘不可原諒

多維度的處置

在此最小空間內

話語破碎像水晶

而思想是我們可惡的

絞刑劊子手

澆不熄的火
Quenchless fire

你依然在我夢中
與星星漫步在
澆不熄火的小徑

我知道我們的宿命
仍然以我們手中開始的
能量扶養　到達我們
心中時　就為生活奔波

當我胸部的天空打開
供你親吻而我渴望
在你皮膚上冒險旅行時
愛情的芬芳香醇

變成音樂旋律

愛情充盈在房間內

我是王后又是情人

我在夢的光中

脫光自己

在遙遠的銀河系

我們敬謹做愛

於奇蹟與

時間護符之間

雨
Rain

我從窗口

看風雨

樹的粗枝

下彎到濕草地

閃電上天下地

就在我眼前

我願能

環抱著誰共度

這傷心夜的幽暗

反　感
Reactionary

關於榮耀

受奉承

多禮

我稍有反感

我知道不該得

又恥於

沒有拒絕

反而接受

實因自大之故

帶著夏季

午後的香甜

我情不自禁吻

任何人的手

只要他給我溫柔

友誼和愛

再創造夜
Reinvent the Night

至少我們做過愛

我們從來沒有談過

因此　沉默

佔領而且改變

一切　反正停了

我的詩　是文字

也是骨和肉

不得不沉默無語

我不會對你說

我的感受　或者

現在有什麼感覺

因為你抨擊

我的詩

的精髓部分

我們歡樂的叫喊

仍然在全身皮膚滲血

所以　再一次幫我

再創造夜　不用怕

我會講出去

除　夕
Réveillon 2004 / 2005

鳥和帝王蝶

已飛往國境南方

在我的呼吸裡

有冬天味道

像一道傷痕

我沒有時間哭泣

但我放大的瞳孔發亮

像焦急的土耳其玉

等候一年一度的

聖誕夜鐘聲

在我空空的手中

有祕密的傷口

培育成像

時間的玫瑰

我不再做最後的夢

但我還是會出席

以永懷希望的一切

廢話慶祝新年

歲首節
Rosh Hashanah
——悼念祖父 Arlindo de Paula Pereira

日子過去了

沒有紀念

即使我們試圖

對祖先的根

盡孝

但沒人提起

我們心中保有

纖細的記憶

祖父　對不起

我們需要一顆新星

引導我們現代的步伐

在我心底

深感自豪且仍然

以愛想念你

註：歲首節是猶太教曆的新年。

祕密的愛
Secret Love

在哪一次最後的情愛

你聽到我流淚

在哪個地方或是遠處

神魂或是星星

過去的每個世紀

讓我們的愛升級

贏過夢想

也贏過時間的

不確定性

我會保持童貞

直到我命中注定

不可能的熱情

在祕密中把你搾乾

還要愛著我

影 子
Shadows

在我們生活中

影子更甚於

卡爾・容格的否定論

像是銀行賬單

通知跳票記錄

這麼回事

嶄新時尚衣服

用逾期的信用卡購買

美麗的加州海灘

我們想在海中消失之前

看它一眼

我們的影子不在我們身外

隨著我們窈窕身材

在人行道上

就在我們眼睛內面

莊嚴的美德
Solemn Virtues

你是最佳人選

讓我感受

身為女性的

原始狀態

天性的溫柔

你在我的胸前

點亮夢的起點

你是我發明的

熱情縱火狂

跨越我莊嚴的

美德與得意洋洋的

奢侈高潮之間

你是對抗字句

永久單調的

時間答案

你是最後的生命海洋

在愛情的神祕性

和冥想性銀河

燃燒

日　落
Sunset

如果沒有那些細節

像起居室內的花

床下的拖鞋

生活會怎麼樣

我們始終在接管

離開的人

留下的位置

在我們思想中

希望豐碩

我們仍然忽略其他事

藏在門和陰影背後

要冒險活下去

極端的風景

做為我們的世界

已然渴望完美

和日落

打電話
Telephone Call

你來了電話

我像一粒蠶繭

在沒有陽光的早晨

培育無趣的夢

所遺留夜的殘渣

但你來了電話

像雞鳴時的歌唱

你的聲音把我的心靈

帶到最高峯

因愛撫的回憶

爆炸

藉快樂幸福

侵入我房間的空氣中

我打開窗戶

迎接黎明懷孕

日光金色的火花

我白天會有

你生命的力量

在蒼天晶體內

你的話會閃閃發亮

離家的父親
The Absent Father

離家的父親

沒有手臂

因為他無法

擁抱小孩

沒有嘴唇

因為他不能

吻他們

因悲傷

引起心臟病

他有冰冷眼睛

硬石心腸

離家的父親

在他瘋瘋癲癲的

迷失路上

早晨與黑夜不分

黃昏視同死亡

面　紗
The Borgol

女人　我替妳抗議

妳不得不掩蓋嘴

無法震動

苦悶的聲音

我感到暈眩

為了妳缺乏勇氣

堅持忠實於

妳黑眼珠內部

失落的世界

在妳的面紗影子下

妳生活無用的神祕

他人意志下的

無力的沉默

女人　燒掉面紗吧

就像東方女性

五十年前燒掉胸罩

請大聲喊出

「不自由　毋寧死」

打開新生命的道路

為了妳們的女兒

註：伊斯蘭女人戴面紗，包覆頭髮，掩住嘴，只留眼睛可看。

猫
The Cat

我街上的猫

從不睡覺

日夜守在我的

廚房門口

那是一隻流浪髒貓

沒有遠大理想

牠對哲學和宗教

一竅不通

但牠試圖在

可能聽牠的人當中

發生人道主義感情

我反而感到對

牠饑餓的甜美眼睛

和一切魔力

全然免疫

我討厭那隻貓

鷹
The Eagle

我正飛翔

像一隻孤鷹

高高在

北方的天空

含悲的聲音在喊我

那麼遠的藍調

宛如風

可以克服

暈海

我的羽毛身

被星光

灼傷

夢想你的吻

在狂怒中

失落的宇宙

我無用的飛行

一切的神祕

被愛情和幸福的

慾望混淆了

你的聲音

在永恆的遠方

始終迴響著

熱情之火
The Fire of Passion

一旦以熊熊的

熱情之火燃燒起

年輕的心

就會永遠不熄

　　　　　～卡爾·馬克思

我保持愛情之火

做為我活著的

純粹果實

對我燃燒時

也會以熱情

燒到你

這是光

引導我們緊緊

甚至走過

此世的頹廢

因負面的力量

業已如此暗澹

不關心真實生活

張著愛情的翅膀

於美人魚的

歌聲中　想像

什麼才是美

在激情狂嘯中

叫醒大地

我國的印地安母親
The Indian Mother of my Country
──給丹增嘉措，第14世達賴喇嘛

印第安人抱著男孩

她的兒子

抱在肚上　還懷著

另一個孩子

她坐在河堤的

岩石上

和印第安小女孩

她的女兒玩耍

她聽到遠遠的

鼓聲

想起一位

美麗的客人

外地人

拉著她的手

在她的子宮裡

植下貧窮的種籽

印地安母親　　幾乎

不言不語　　凝望

河流　　流到

世界的

深處

她內心裡

找不出一絲

宿怨

所以此時此刻

她充滿愛

瞬　間
The Moment

生命在滾動時

~ Helvio Lima

瞬間是你的
你可以當玫瑰用
或令其持久
有如橡樹

當前始終
寶貴
深深敏感
又不懈

別人說

無常的玫瑰

存在只為隱藏

熱情的刺

享有花朵

脫俗的希望

淹沒在時間裡

甚至不觸及其慾望

事後早晨
The Morning After

我留下你像一位告解者

我的胃不舒適　即席

悲傷並自我批評一番

我不能斷定是否

值得這一切

激情　焦慮　哭泣

但我知道下一次

我看到你　我會忘記

這一切　在你吻我之後

我會再度問自己

可以給予什麼再擁有你

全然屈服於焦躁

瘋狂激發

愛的情慾

我能給予什麼

多少生命　或全部

當我要你

沒有什麼可計較

沒有什麼更重要

沒有什麼會阻擋在

我的嘴與

你的快樂之間

我的快樂與

你的生命之間

新千禧年
The New Millennium
——致巴西本土人士

兄弟們　給你們留下什麼呢

除了我的血我的汗

我疲累雙手的意志

以及我沒有國界的愛

在我死亡或我的孩子們死亡的

時候　給你們唱什麼呢

除了兒歌或童謠

餵養你們正義的夢想

告訴你們什麼呢　除了關於

我在此千禧年夜的悲傷

當人人正在慶祝

我不知道什麼是假造的

繁榮　對時間混淆的貪婪

這些都在我們飢荒的黑暗中

停滯不前　造成了傷害

圓　桌
The Round Table

我坐在這

耽美儀式的

桌邊

會議桌周圍

可以發現

無限大

我向時間投降

以詩的幻想

和騎士的

力量

我是狂熱的情人

任自己受到

瘋狂和死亡的

誘惑　因為

這些是在圓桌上

我們玩弄的

唯一現實

樹在想
The tree thinks

樹在想

彩虹下的

影子

一座白色風車

在遠方

波動

像時鐘

慢分

了

美國圍牆
The U.S.A. Wall

墨西哥與美國

之間的邊界

是龐大無恥的監獄

在圍牆兩側

圍牆是一道壁壘

阻止墨西哥散工從殖民地

進入美利堅合眾帝國

圍牆會存在於

民族史上

做為獸性咆哮警告

對虛擬「美國夢」

深懷抱負入境的

移民是又醒目又無言的

恐嚇訊息

圍牆是人造贋品

把警衛和囚犯綑在同一牢裡

促使時間倒退到

吃人的封建和貧農時代

圍牆增加走私

交通量和身為人的奴隸

圍牆內會埋葬

美國鋼鐵心腸在

工人血液的另一心臟側面

他們會團結

在此無人的塔內

無人的土地上

沒有天空的地平線下

像沙漠裡兩滴

過客的眼淚

潔白的和平之花
The White Flower of Peace

克羅埃西亞　波斯尼亞或塞爾維亞

都可能曾經是我

塞爾維亞祖母的祖國

這位堅強的女性有一天

不得不移民到巴西

尋求麵包與和平

她住在外國過著

孤獨嚮往和傷心的生活

為了未經戰鬥

就放棄她的土地

她受到不耐久待之苦

明知再也回不了

祖先的家園

有一天我答應

替她回去看看

可是歐洲地圖上

再也沒有南斯拉夫

我傷心　因為我去不成

如今雖然所有人民

都有了和平與麵包

可以一起生活在

同一個國家　兒童

可以手拉手遊戲

不同種族的情人們

可以歌頌愛情

現在我要等待更好時機

等到仇恨輸給愛

悲情輸給希望

因為那一天太陽會

在清晨自由閃亮

從土地上的鮮血會

長出潔白的和平之花

職業婦女
The Working Woman

職業婦女

不但在家裡

也在工廠

學校　餐廳

報社　交通機構

醫院　學術單位

酒吧　商店　市場

或種田　或作研究

積極進取的女性

握緊拳頭

職業婦女

是一朵紅玫瑰

在街上

艱苦的天空下

照眼明

職業婦女

以其團結能力

負責任

和守諾言

確定我們的未來

提供我們麵包

使家庭穩固

職業婦女

是我們愛心和信心的

守衛和理由

然則你將知道
Then you will know

我避免回憶

我恨沉默

我也恨

說再會

你離棄

使我生氣

那是一塊石頭

丟到我臉上　　沒有

你呼吸的溫暖

我不願孤獨

傷心的是

你要獨處

我拒絕讓你
想念我：我真的
想要你受苦
因為你不與我
　　　　同在
然則你將知道
你愛過我

這場雨
This rain

這場雨是心底的嘆息

讓我擺脫長期沉默

這場銀色的雨　冷得像

渥太華海灣在相鄰的

房屋間嗚咽流動

夏季的雨水裡

流著無止境的稠黃蜂蜜

如今我又感受到雨滴

在乾燥的草叢內

暗夜裡

我想像遠方的路途

迷失在虛擬的孤獨當中

幽暗的窟窿

超越我的窗口所能見

這場雨幾乎無以為名

在我記憶的時間內

消失無蹤

這場悲情
This sadness

今天我無法

處理任何事

或任何人

我反叛

自己

我冒瀆

眾神

而

結果是

這場悲情

有垂死

之虞

以漫長的速率

這潔白天空
This White Sky

他們告訴我而我可以感覺

每個人的呼吸

白天在燥熱天空的

祕密陽光下流過

我的願望依然天真

探險愛情而且

可能　永遠的愛

但我所想的是

這潔白天空的神祕

我的記憶在此揚帆

我耗費存在的一切

追尋完美的愛情

然而　一切才剛開始

就必須結束　這是法則

在支路邊

微笑會蒸發

還有焦慮和希望

突然我看到自己

是自我生命的過客

我的欲望需要男人愛我

不亞於我的愛

沒有缺席　沒有監視

隨時間逐漸增強

一種深厚堅牢的愛

有能力消耗我心裡

永不停熄的火

三　次
Three times

這首詩在你的皮膚上

我寫了三次

又把她刺青在

你的舌頭

所以你在生命內

可以感受到

但你醒來時

還要問我

關於愛

我就幫你把脈

看到你

痛苦呼吸

在我嘴唇和早晨之間
的空間裡

我知道如果失去你
就停止存在
所以躲避日光
出乎自己意外
一再說謊
我愛你

給愛的時間
Time for love

正是交通擁擠時間

夏季末日

面臨這一天黃昏的恐懼

尤甚於其他日子

這個形象從

我的身體重新流動

像姿勢後的祕密早晨

時間　以及愛情

還不如期待親吻的

一句話

希望的新泉

釀好的酒

意外的手中

顫抖的酒杯

只不過是一個想法

再也沒有時間了

累得要死
Tired to death

如何應付生活

在此希望陰暗的場所

少許形影

可以有那麼多話說

記憶在此

失去了價值

懼怕空空的空間嗎

愛情變造魔術戲法

身體夢寐慾望

在焦慮的賭局中

等待會崩掉信心

熱情成長而沉迷於

枯燥無聊事就像閃電

集中而且自動自發

把夜引導到

晴朗早晨的永恆

處女風景

我自己脫掉

憂鬱的火焰

以免在我生活中

又緊張又孤獨

製造無垠
To produce the infinite

在此等愛情的願景裡

何處可找到小小的澄明

我轉頭四顧

沒看到任何人

即使我被那麼多

我愛過的人佔住過

我願吻你的腳

因為我對你感受理想的愛

這愛是在哀傷中誕生

沒有救藥或節制

煽火的愛情燒到自己

用本身的灰燼餵養成長

像鳳凰　與死亡
始終不相容

我光光的胸懷有結實的血管
與又沉默又遠離的
岩石一起崩落

我但願能到達
無垠本身
代替這受傷
無能的希望

在黎明喊叫
To Shout at Dawn

為免傷心難過

我抓緊你的愛

為免空虛的夏日

黃昏單調

我創作一些詩給你

在粉紅色文具上

我寫給你　想起

你的吻　柔弱呻吟

無數的愛撫

和浪漫的擁抱

我要再度在黎明喊叫

靠在你身邊　昏昏然

發出愉快的嘆息

我願拘禁在

你的懷裡　夢想

我此生不渝

而你對我的關懷

像一匹熱天的狼

把我護送到人間樂園

給誰
To whom

在開放式孤獨的
藍調空間吟誦的
這些詩篇要送給誰

在這些傷心日子的
陰影裡　我手握
芬芳玫瑰　短暫的
活生生的夢　享受
亮麗暢快的早晨

在我的哭泣轉成
雨時　我變成一種聲音
破壞了詩的段落

和無用的隱喻

以魔術般抒情的字句

把藍調熄滅

明天　我會寫下另一首

憂鬱的詩篇　用沉默

稀釋　今天我能送給你的

就是這首傷感情的

無法解讀的詩

對於你的富而懶
To your wealthy laziness

很多次你都不知道

你讓我哭了

你放任焦慮

以奢侈的幻想

從辛苦播種埋下理想

重構你的生命

然後就被老鬼影　你從未

遇見過的人　弄得顛顛倒倒

只恐怕會把你掩蓋

對於你的富而懶

成為莫名其妙的日蝕黯澹

另方面　我培育眼淚

像紀念品　以維持

此簡樸的舊夢

在我無言中像月光雨

我打算不攪擾你的情慾

以證明你罕見的男子精力

否定你的邏輯　賦予

我的辯證法之甜美

但我不讓你消滅

我依然擁有的最具人性

特徵：此項可以做夢的

強烈而又年輕的能力

今　天
Today

今天會正是

改變我一生的

日子

今天會發生

我們禮儀

最大的毀損

我們年曆

最恐怖的

誤解

或是最重要的

熱情

可是每件事總

必須發生在今天

因為明天就

太遲了

今 夜
Tonight

我甜甜蜜蜜掉入你的床裡

像五月綻放的花朵

不用任何藉口

就向你的懷抱投降

我沒有頭腦　只有心

我記得包含在內的

老固執和克制

今天我沉潛入

史前的深處

喊叫我燃燒的慾望

在你的胸前　我所有祕密

在你雙手的感觸下

樹
Tree

人類還不如
樹完美
樹不會詛咒
不會說謊

樹膜拜太陽
對月亮禱告
祈禱鳥會唱歌
降雨量適當就好

樹幫助人
和動物休息
樹借用春天

克服老化

適時

接受死亡

我死時　身體

回收入樹裡

我就安啦

到那時我把樹

放在我人原罪的

心靈祭壇上

海　嘯
Tsunami
——2004年除夕南亞地震引起海嘯

喪鐘敲響

記憶像千浪湧來

帶著死亡　眼淚和叛變

大自然激怒了　投出

無國界的遍地災難

把訃聞發送到全世界

沒有預言　大洪水

深不可測的激流　煽動海

使人間樂園天翻地覆

時間起來革命

毀滅掉富家和窮人

穆斯林　猶太人和基督徒

佛教徒　無神論者和世家

共擁死神且開啟地獄

在南亞的沙灘上

海嘯跨越年夜

像血腥與時間的邊界

不屈服的愛情
Untamable Love

我不能遺留任何東西

我要把宇宙吞下

喉嚨且在宣告我的

叛變時　歌唱此無望的

　　　　　　愛情

此番愛情來時拖拖拉拉

經數年朝向我身

來時侵犯我的知覺

像充滿謎樣空氣

試圖掌握我的思想

這項不屈服的愛情

娛樂你　我卻去

搜尋溫柔

和默許

因為我從未在

你的愛情樂園找到

我在吻你的唇

之前和之後

　　　去做夢

虛 情
Untruth

虛情　殘酷和囚犯

是生活

拘束　悲痛　不安的

夢

雜在數千曖昧的

氣味　大地　男人

芬芳　汗之間

種籽正巧準備

使無垠煥發一新

卻落入柏油的

孤寂中

我把種籽徐徐取就唇邊

以極微細語

把它的高潮嚥下

然後我看到宇宙

在勞累的儀式中開啟

而月光愛好者

擁抱人間樂園

無可慰藉的鄉愁

急 診
Urgency

愛情是急診

一陣痙攣的嘆息

在全身皮膚上發芽

帶有稍微一些些死亡

一些些絕對

和無法控制焦慮的

世界

自我尊重是孤獨的

藉口

愛情只有在搜尋

空間裡的空位

時間車站內的

天使之翼

才是真實的

愛情沒有詮釋

既非原因也不是結果

就是發生或者不發生而已

在我們小小活力空間的

邊界內　同時是我們的地獄

或是我們的天堂

徒 勞
Uselessly

等待愛情

宿命的存在

即失去

夢的新鮮感

夜不會給

白天的焦慮休息

當迷戀

引火

直透骨髓

但缺席

使慾望失去平衡

因交流失敗的緣故

情人節
Valentine

我攀上最高峯

從星群摘取

最神性的靈感

我完成最艱困的作業

我保持最純的祕密

我照耀最綠的波浪

我飛得比老鷹高

我感覺比深淵本身

更加炫目

我比高原

還要有野心

我比晨曦

更甜美

在此情人節的

日子愛你

送你成千個

吻　熱焰　鴿子

和瘋狂如火的擁抱

我來了　穿著

又美麗又出眾

宣告我多麼愛你

打贏法西斯主義
Victory against Fascism

所有鍊條都打斷了

人民蜂擁起來

高高興興慶祝和平

自由　是輻射的太陽

照亮在戰鬥中

壯烈犧牲者的血液

在他們殉難處

盛開未來自由人類的花朵

勝利進步之路

是在逐一旅程中建造

一步一步攀向

英雄人物

隨抗爭　主權

純潔和黎明活力成長

在美國投票
Voting in USA

國家動蕩

等待總統就職

開始新的未來

我們為「變化」投票

我們希望脫離

不確定狀態

揭露混亂的虛榮

虛擬的愛國主義

循著智慧走

還有啟蒙的良心

避免錯犯了

宰制　帝國主義

戰爭　　戰爭　　戰爭

航　行
Voyage

過幾天　就要啟程

我要去摧毀太空

以我的鄉愁覆蓋空氣

再創作舊詩篇

帶著未成功而又

不可能自殺的痛苦

沒有什麼關心值得

一分鐘這樣未實現的悲傷

我也感到又饑又渴

沒有水可以救急

我的腳似乎離我遠遠

我口中的字眼變成

像斷續誤導的吻

幸福和生活一樣無禮

及時突然害怕起來

情緒像香檳的軟木塞

在房間的盡頭爆開

一對眼睛叫醒我

以這樣短暫的音樂聲

等 待
Waiting

我在此

      坐著

跪著

在我辦公室內

      等待

電話鈴響

       響時

我跳起來

因為我知道是你

我願生活在另一

        維度內

不會是人的世界

不會有

　　　苦於

　　焦慮

　　煩惱

我現在要到外面

看月亮是如何感受

看來往的車流

看熟睡的花朵

明天又是另一個日子

但從今夜直到

明天

是綿綿無盡的等待

海上長城
Wall in the Sea

他們必須在大西洋建造一座長城

~ Hugo Chávez

即使海再度開啟

「大西洋長城」也沒用

因為會把歐洲

從美洲分開

但無法阻止我們

回到祖先的老家

新世界不再是一艘船

把金銀載往歐洲

那是有良心國民的

大陸　能夠抵抗

「營運回報」

歐洲人藉此把他們

拉丁美洲的子女

逐出他們的「祖國」

在我們大陸　飢餓和

窮苦國民　以前

被逐出歐洲　歡迎

居留　工作　自由自在

因為我們拉丁美洲人

相信所有人類

生而平等且合法

住在稱為地球的行星

戰　爭
War

我正好眠

他們把我叫醒

不　不是做惡夢

我在參戰

警　告
Warning

忘了我是誰

別想寫我的傳記

因為我會揭發

你的一切謊言

我們大家
We all

我們大家都有

強烈瘋狂的

神聖時刻　當我們

追求美　愛　日落

閃電的警醒

永遠壓力的道路

神祕的瞬間

當海上的

燈亮起

我們大家即刻

狂熱起來

有時候

當我們對欲望

煽火

我們感到

永恆的火花

是我們在夢中

引燃的

我們是
We are

我們寫在紙上

電腦上　餐巾上

統一發票上

報紙邊緣上

板上和樹上

我們用詩的聲音

石頭的文字

對風說話

我們是不知疲倦的

夜裡的浪蕩者

不睡眠的遊牧民

又瘋狂又不完美

粗心的巫婆

我們繼續夢想

而且相信

愛情的力量

我們不活
We don't live

我們只死不活

這是我們在學校

教堂和家裡聽到的

他們說死亡是美事

但我相信是惡意

仍然活生生的人們

卻依賴

英雄之死

繼續死亡的生活

春天　每年

都會到來

在最後花朵之前死去

日光很好

但在夜深人靜

釋除我們

在生在死時的

悲傷負擔

太陽甚至比花

更謙卑

而夢比情事

更雄辯

總體幻覺是要活下去

不用純粹夢想或欲望

因為每天早晨太陽透光時

耗掉我們時間

和這瘋狂的生命祕密

我們詩人
We, the poets

我們詩人

正一個接一個

死去

我們天天

一點一點死去

我們正死去

合法

憑良心

相信值得

活下去

還有什麼可以給你
What else can I give you

我的夢　已經是你的

我的情慾

永遠是你的

但在我的地平線

發亮的顏色

甚至不能達到你

自願孤獨的男人

在無法自持的

小行星高度

迷失

我所要的
What I want

從一位男人　　給我

貪婪本能　　一點點

瞬間的安寧

心中的一絲溫暖

跟著我走

未來的願景

是兩口氣的一場夢

我們的時間

分給

愛的失眠

和玫瑰的文化

怎麼回事
What Matters

當時間之流把我

帶到彼側

他們會記得我什麼

我的腳穿著馬靴

繼續走遍全國

打破沉默的焦慮

滿眶淚水

怎麼回事

他們不會遺忘

深耕入我骨內的

這場愛

詩人們這麼說
What the Poets say

因為我們

為傷心而哭

眼淚助其長大

像是樹用我們的

眼淚灌溉

沒有人該吐血

所以富翁生活更舒適

事情並不是

他們那樣子

他們是海上星星

必須

打掉牆

那沒有感性

以免愛情

棲在重金屬上

原作者：

　　　　賈西拉索・德・拉・維加

　　　　安東尼歐・馬查多

　　　　阿塔瓦奧帕・尤潘貴

　　　　米蓋・德・烏納穆諾

　　　　歐瑪爾・海亞姆

　　　　弗拉迪米爾・馬雅可夫斯基

編纂者：

　　　　特雷欣喀・裴瑞拉

什麼
What

什麼事是

因我們而定的

短暫時刻

最糟糕的事是

肉體與

時間當中的

鬥爭

我們的骨頭

對抗音樂和靈感

在這世界

　　孤獨

結束時

　　我們

得到的唯一分享

是空無的

　　維度

有什麼用
What's the use

我的生命有什麼用

如果沒有你的網路訊息

沒有我的錯誤和瑕疵

給你機會原諒我

我的沉默有什麼用

如果不會使你操心

夜有什麼用

如果沒有失眠的詩人

宗教有什麼用

如果沒有無神論者相信

以及冷靜頭腦的激情

在內心沸騰

深淵有什麼用

如果沒有自殺的

念頭存在

你何時會呼叫我
When will you be calling me

你何時會呼叫我

你什麼都有了那一天

正是單調無趣的日子嗎

想到該做什麼事那一天

除了找我　不要找任何事好嗎

在我送你的情詩當中

你在看型錄　報紙

競賽　電視節目

聽每天的政客講話

我的聲音如何

你會認出

藏在你床內

或者是另一個

女人的聲音

在我跟你講話時

可以認出來

你臥室內的鏡子

保有我身體的形象

根據你的話

是上帝的傑作

全然完美

「全部恰到好處」

鏡子是現實的隧道

在此你和我

彼此完美相配

對　現在你就呼叫我

我們可在何處相見
Where can we meet

時間在何處向我們

俯衝　我們記憶中

那位不倦的絞刑劊子手嗎

我們自己可在何處

相見　在雨天

詩　望著角落

形成的積水

星期一早上

因星期天勞累嗎

然後我們尋找彼此

在每次夢中

每次新的戀愛中

做為月光代用品

越過水平線

或是在駛過照亮

街道的汽車

放出的嘈雜音樂裡

愛情在何處
Where is Love

愛情在何處

何處是絕對的欲望

因孤獨所引起

並追尋甜蜜的火

以血液和上蒼餵養自己

然則　如何從這希望的

水平線拉下來

以消失的雲雀聲音

黃昏時的玫瑰

和無聲砂漠的目睹

我縱身進入詩的世界

像水從岩石濺下

因羞愧　絕念

任其淹沒在我喉嚨裡

我唱起無限祕密的

結晶性真實音樂

誰愛過我
Who loved me

把牌放在桌上
我要知道誰愛我

夜已盡
感覺沒說出口
欲望沒有滿足
有人私藏了
全部謎語的魔術鑰匙

除了深愛此夜
我沒有他求
但白天已蒞臨
我身體上的汗

甚至不會從心頭熱

暴露出我的詩

在快速到達的黎明

中途破碎

如今我需要知道

我關心的唯一一件事

昨夜誰愛過我

葡萄美酒
Wine

談論我自己
就像捱著站在
旁側的男人身邊
自慰

若能夠　我寧願
什麼都不說　就讓
男人去猜測一切
在荒蕪的島上
於月光下
對我作愛

若能夠　我只想

告訴他　我的胸部

是水晶花瓶

我的心靈是給他喝的

純粹葡萄美酒

願意去
Wishing to go

夏天還沒到

但我已脫掉自己

像未綻放的花朵

過早就倦於等待

冷太陽的音樂

以其原野綠色和山脈

逼近　從我窗口

看不到　希望邀我

參加春之舞

我要去　像黃昏蜂

徒然嗅著其他

初綻花朵的蜜汁

但我留在此地　在此

寒冷大地　轉變成

哀悼的墓石

沒有心情或者預言

以謙卑
With Humbleness

我以謙卑脫下衣服

心想只有真實的愛

才配這樣　我信任你

因為在我心中

有慶祝　有熱　有瘋狂

在愛情裡　充滿

自由和快樂

遊戲的

全部老規矩

都在床中央停頓

懸在時間裡

我性急衝過

你愛情的門檻

卻不知道

要我喊叫感傷

且從未存在的現實

與你同在
With you

與你同在我模仿瘋狂的上天

看不見的威權

和天使 以甜蜜樹葉的

雙手 發射閃電

在我渴望愛情的口中

與你同在我有光耀的廟宇

和我子宮內的酸曲線

我有沉默的千翼

和字句的迷宮

不會成功逃脫

我們的口舌

與你同在我是最純粹的寓意

空有自負　受傷的心靈

與太令我絕望的人鬧戀愛

我愚蠢像貪婪的獵鷹

充滿精力和好奇

不用說我愛你
Without saying that I love you

為什麼我始終偏愛

用詩和你談話

在詩裡只容許有

真理　情意

真誠　鼓勵

無限量

只有在詩裡我會說

我要你　不必要

說我愛你

我敢說

你是唯一的男人

在我的生命中

抵得上數百人

只有在詩裡我可以叫喊

如此無拘無束的愛

情感上的高潮

不會困擾你

不會使任何人

抱怨無聊

沒有玫瑰
Without the Rose

沒有玫瑰如何生活

把真實老化的

反隱喻野蠻行為

加以物質化

謊言反對我們的情感

和愛情的陶醉嗎

時間之翼無法

影響溫柔

別做夢　或把不給吻

或挫敗的韻事

之刺加以隱藏

要我們有欲望

就需要熬過

焦慮和悲傷

在美麗的

玫瑰短暫性裡

接受愛情的永遠幻覺

愛情網站
www.love.com

你漫步經過

網際網路

www.love.com

的星球幽徑

尋找漂亮女性的

影像給予你

想像

並且保持生活

　　　順暢

為了古老記憶

的荒謬

然而我是在

螢光幕外面

因為我有人性

受到的限制不亞於

你微妙非現實性裡

被摘廢的花朵

昨　天
Yesterday

昨天我去繳稅

然後去看醫生

付了掛號費

再去藥局

買了安眠藥

昨天我完成

全部差事

今天我休息

什麼事也不做

我不開支票

我不打扮

不開車　不找朋友

不必說　謝謝

昨天我半夜才上床

一睡睡到上午

今天為什麼感到這麼累

這麼鬱悶　這麼寂寞

昨天我重訂生活起居

清完舊賬　去採購

睡得神清氣爽

今天無事可做

你我要活千年
You and me will live a thousand years

我著迷發狂的翅膀

以燃燒的慾望

飛行過夜晚

企圖到達

你胸懷

睡眠的神祕

是虛假占星術

圍繞著無限

沒有給我

飛行客棧

我饑餓的嘴唇

部署蠍子的標誌

從事夢幻之旅

從我的嘴到你的嘴

無法管制浪子的聲音

在黑暗中喊叫

我在此

用吻來抓我

我是你的生命

你是我的生命

我們可以

一同活過千年

火熱和美夢

你就是一切
You were Everything

遇到你之前

我什麼都不是

我要說的

每一句話

只是

甜蜜的仰慕

你來到

我的生命中

正是

暴風雨的

時刻

突然間

你變成

我的王子

我們一起

對抗

所有星體大戰

你　唯一的
You, the only one

我累得像風

在荒野群山的

連鎖中無拘無束

因體諒的蒼天讚賞

而備受折磨

此地根本生計

包含拒絕

傷心的回憶

但願只要能延緩

嘆息聲揚昇到

群星封鎖的天空

你　唯一的男人

讓我甘心踩著這

小鎮的塵埃前進

被野性的慾望撕裂

改變我的宿命

可是缺乏勇氣

任業已失落的

夢溜走

你的眼睛
Your Eyes

你的眼睛會笑　甜甜地
掩藏你對日常生活的
所思所想

你的祕密　連你自己
都不知道是否存在
但我知道祕密來
撫慰我
就在夜裡
當寂寞襲擊我
像要命的冰雕

在你的視網膜內
我看到你無根的往昔

大力士的欲望

勇往直前

不讓任何人

阻止你

因為愛的緣故

在我們的空間之間

有無際的金字塔

有新的故事

作者自溺

海中

於憂鬱的午後

當太陽忘了

退休

你的吻
Your Kiss

你的吻是愛情中

最佳的部分

來自你的

魔術靈巧

帶來愉快的樂園

你的舌頭是活潑的

蝴蝶　凌晨

進入我心靈的

窗戶

雙手落在

被夜露潤濕的

我身上

當地球和群星

因意外幸福

昏昏繞行

我要求時間盡量讓我

留在你眼裡

正如總體的愛

無限之遠

語言文學類　PG0440

與時間獨處 Alone with Time

作　　者／裴瑞拉（Teresinka Pereira）
譯　　者／李魁賢
責任編輯／林世玲
圖文排版／陳宛鈴
封面設計／陳佩蓉

發 行 人／宋政坤
法律顧問／毛國樑　律師
印製出版／秀威資訊科技股份有限公司
　　　　　114台北市內湖區瑞光路76巷65號1樓
　　　　　電話：+886-2-2796-3638　傳真：+886-2-2796-1377
　　　　　http://www.showwe.com.tw
劃撥帳號／19563868　戶名：秀威資訊科技股份有限公司
　　　　　讀者服務信箱：service@showwe.com.tw
展售門市／國家書店（松江門市）
　　　　　104台北市中山區松江路209號1樓
　　　　　電話：+886-2-2518-0207　傳真：+886-2-2518-0778
網路訂購／秀威網路書店：http://www.bodbooks.tw
　　　　　國家網路書店：http://www.govbooks.com.tw
圖書經銷／紅螞蟻圖書有限公司
　　　　　114台北市內湖區舊宗路二段121巷28、32號4樓
　　　　　電話：+886-2-2795-3656　傳真：+886-2-2795-4100

2010年 10月BOD一版
定價：300元
版權所有　翻印必究
本書如有缺頁、破損或裝訂錯誤，請寄回更換

國家圖書館出版品預行編目

與時間獨處 / 裴瑞拉 Teresinka Pereira 著.
　李魁賢譯. -- 一版. -- 臺北市：秀威資訊科技,
　2010.10
　　面； 公分. -- (語言文學類 ; PG0440)
　BOD版
　譯自：Alone with Time
　ISBN 978-986-221-589-0(平裝)

874.51　　　　　　　　　　　99016515

讀者回函卡

感謝您購買本書，為提升服務品質，請填妥以下資料，將讀者回函卡直接寄回或傳真本公司，收到您的寶貴意見後，我們會收藏記錄及檢討，謝謝！
如您需要了解本公司最新出版書目、購書優惠或企劃活動，歡迎您上網查詢或下載相關資料：http:// www.showwe.com.tw

您購買的書名：_____

出生日期：_____年_____月_____日

學歷：□高中 (含) 以下　　□大專　　□研究所 (含) 以上

職業：□製造業　□金融業　□資訊業　□軍警　□傳播業　□自由業
　　　□服務業　□公務員　□教職　　□學生　□家管　　□其它_____

購書地點：□網路書店　□實體書店　□書展　□郵購　□贈閱　□其他

您從何得知本書的消息？

　□網路書店　□實體書店　□網路搜尋　□電子報　□書訊　□雜誌
　□傳播媒體　□親友推薦　□網站推薦　□部落格　□其他_____

您對本書的評價：(請填代號　1.非常滿意　2.滿意　3.尚可　4.再改進)

　封面設計____　版面編排____　內容____　文／譯筆____　價格____

讀完書後您覺得：

　□很有收穫　□有收穫　□收穫不多　□沒收穫

對我們的建議：_____

_____

_____

_____

11466
台北市內湖區瑞光路 76 巷 65 號 1 樓

秀威資訊科技股份有限公司 收

BOD 數位出版事業部

....

（請沿線對折寄回，謝謝！）

姓　　名：_____　年齡：_____　性別：□女　□男

郵遞區號：□□□□□

地　　址：_____

聯絡電話：(日) _____　(夜) _____

E-mail：_____